FABLES

D'AMÉRIQUE

IL A ÉTÉ TIRÉ DE CET OUVRAGE

DEUX CENTS EXEMPLAIRES NUMÉROTÉS

NON MIS DANS LE COMMERCE

N° ?

FABLES

D'AMÉRIQUE

(1880-1881)

UN INGÉNIEUR EN CHEF HONORAIRE DES MINES

PARIS

IMPRIMERIE GÉNÉRALE LAHURE

9, RUE DE FLEURUS, 9

1895

FABLES

D'AMÉRIQUE

1

FABLES

POUR PETIT PAUL

———

Un enfant de nos jours croit-il encor aux fables?
Quels sont les animaux qu'on peut faire parler
Qu'il ne connaisse point? Problèmes redoutables!
Voyageur, rimailleur, je m'en vais essayer
Pour toi, mon petit Paul, les fables fantastiques
Composées, là-bas, dans les deux Amériques.

PREMIER SIXAIN

I

Le Bison et le Chien de prairie.

Maître Dog est un chien, mais un chien de Prairie,
Un chien ne portant pas collier ;
Aux déserts de l'Ouest il vit en confrérie,
En famille, dans son terrier.
Don Buffalo jadis habitait ce domaine ;
C'était un fort et fier seigneur,
Armé pour le combat, la terreur de la plaine,
Cornes grosses à faire peur,
OEil sanglant, bosse au dos, bref un monstre farouche,
Courant en tous sens et beuglant :
« Je suis roi du désert, malheur à qui me touche !
Qu'il vienne ce peuple émigrant,

Ce Yankee de malheur, et cette horde humaine
    Avec tous ses chemins de fer !
La Prairie est à nous, et ce n'est pas la peine,
    Peuple chétif, d'être si fier ! »
Maître Dog écoutait discours et vanterie
    Assis au bord de son terrier,
Et quand il vit au loin briller dans la Prairie
    Le double rail en clair acier,
Il calcula très bien la ligne projetée,
    Creusa son logis souterrain
A quelques pas plus loin ; dressé sur sa jetée
    Il regarda venir le train.
Le Bison rassembla sa cohorte guerrière,
    Corne en avant, tous ses troupeaux
Attendirent le choc : Machine meurtrière
    Vous les coupa tous en morceaux ;
Et maître Dog voyant l'horrible boucherie,
De son petit museau dit à sa confrérie :
    « Des puissants évitons les coups,
    Et sachons vivre dans nos trous ! »

II

Le Chien du bord et le Racoun.

A bord d'un paquebot revenant d'Amérique
        Se lièrent deux animaux :
L'un n'était qu'un vulgaire animal domestique,
        L'ami choyé des matelots,
Un Chien terrier faisant aux rats du bord la chasse,
        L'autre un Racoun, singe ou renard,
Je ne sais pas au juste en quel genre on le classe,
        Mais en tout cas un fier roublard.
« Fi ! que c'est laid ! » disait à son ami vorace,
        Le Racoun, gourmet délicat ;
« Vous vous précipitez sur n'importe qui passe,
        Quêtant la desserte des plats :

Gâteaux, rosbif, poisson, et les plus sales choses
        Disparaissent d'un coup de dent.
Je suis plus raffiné; tout ne sent pas les roses
        A votre bord, et franchement
Si je n'avais pour moi ce beau baquet d'eau claire,
        Pour laver tous mes aliments
Avant de les goûter, je ferais maigre chère! »
        « Parfait! à votre aise, l'ami!
Pour un enfant des bois vous êtes difficile;
        Vous ne faites rien à demi
Trempez! lavez! vous êtes plus tranquille,
        Mais vous perdez beaucoup de temps.
Moi, j'aime mieux bâfrer! Justement voici l'heure
        Où passagers du bâtiment
Sortent de leur repas, et ce n'est pas un leurre
        Que d'espérer bon coup de dent. »

La troupe des dîneurs s'amusait d'habitude
        Des façons de maître renard,
Quand de ses mains de singe il commençait l'étude
        Des morceaux jetés au hasard,
Tournant et retournant, et lavant à l'eau claire
        Ces mets la plupart inconnus,
Pendant que le terrier, connaissant son affaire,

Goulûment se jetait dessus.
Or ce jour-là, parmi toute la victuaille,
Les deux amis prirent d'assaut,
Racoun un peu de sucre, et Chien, vaille que vaille
Pour sa part un os de gigot :

Dans l'eau fondit le sucre en faisant la baignade,
Dans le gosier du chien l'os en travers se mit,
Et vous voyez comment, pour chaque camarade,
Sa gourmandise le punit.

III

La Baleine et le Poisson-Volant.

Sur les flots bleus de la mer du Tropique
On voit filer une flèche d'argent,
Petit Poisson qui dans la vague pique
En s'élevant hors de son élément.

Parfois aussi sur cette mer profonde,
Une Baleine, un vrai léviathan,
D'un jet brillant raye l'azur de l'onde,
En soufflant l'eau par son énorme évent.

Petit Poisson à l'écaille bleutée
Qui follement t'aventures dans l'air.

En agitant ta nageoire argentée
Où le soleil met des rayons d'or clair,

Tu te moquais de cette grosse mère,
Noire et pesante, à l'énorme museau,
Fottante épave, en lui disant : « Ma chère !
Vraiment ton sort ne me semble pas beau.

Je suis poisson, mais quelquefois je vole,
Pour mon plaisir faisant ainsi l'oiseau,
En freluquet, et je change de rôle,
Tu n'es toujours qu'un gros poisson dans l'eau ! »

Et ce disant le petit téméraire
Passait et repassait au ras de l'eau,
Tout en narguant la grosse débonnaire
Et lui frôlant de très près le museau.

Elle bâilla, décrochant sa mâchoire,
L'étourneau fut gobé par son fanon :
C'est souvent le sort que garde l'histoire
A celui qui n'est ni chair ni poisson.

IV

Le Singe hurleur.

Vous le connaissez, le petit macaque,
Grimaçant juché sur l'orgue criard,
Habillé de rouge, avec plume au claque
Qu'il ôte et remet d'un air goguenard?

Ce n'est pas de lui que parle ma fable,
Un comédien, il serait menteur;
Cherchons dans les bois singe véritable,
Écoutons les cris du Singe hurleur.

Lorsque le soleil a cessé de luire,
Que toute clarté disparaît soudain,

Près de l'équateur, c'est fini de rire
Dans les bois profonds jusques au matin.

Plus d'appels joyeux des oiseaux étranges :
Aras, perroquets, aux tons si criards
Volant deux à deux, toucans en phalanges
Au bec rutilant comme des pochards;

Ne roucoule plus la palombe verte,
Et ne glousse plus l'orgueilleux dindon,
Et le colibri dans fleur entr'ouverte
Se pose endormi comme un papillon.

Un autre concert aussitôt commence :
Un grand cri plaintif donne le signal;
Les Singes hurleurs vont entrer en danse
Et toute la nuit faire bacchanal.

Et ce sont des voix de basse profonde,
Des voix en fausset de singes moutards,
Chacun expliquant sans doute à la ronde
Pour le lendemain ses projets pillards :

Sur quel champ de canne ou quelle rizière

Sur quels cocotiers ils devront porter
L'effort de la bande, en quelle manière
Leur butin du jour va se partager.

Quand le tapage est à son apogée,
Pareil à celui que font les humains
Dans leurs parlements, la lutte engagée
Entre tous ces cris s'apaise soudain.

Un seul ouah! plus fort, un ouah! de vrai maître
Impose silence à chaque braillard,
C'est le Singe-roi qui se fait connaître,
Il est obéi, sans être bavard.

Et toujours on voit les bêtes aux hommes,
Quand on les comprend, donner des leçons;
Nous hurlons aussi, bêtes que nous sommes,
Mais jamais aux chefs nous n'obéissons!

V

La Grive et le Faucon se rencontrant
en pleine mer.

Pauvre petit oiseau battu par la tempête,
Tu ne peux d'un coup d'aile ainsi que la mouette
    Lutter contre le vent,
Ni sur les flots comme elle aller à la dérive,
Et ton vol est heurté, pauvre petite Grive,
    Jouet de l'ouragan!

Et la terre est bien loin, et la mer est immense!
Mais tu voles plus fort, reprise d'espérance :
    Tu vois un bâtiment;
Tu t'abats, pantelante, aux vergues de misaine,

2

Espérant que l'esquif vers le port te ramène,
Poussé par un bon vent.

Mais, ô terreur! déjà la place est envahie;
Un féroce ennemi longtemps l'a poursuivie;
Un Faucon pèlerin
Erre aussi sur la mer, effrayante vigie,
Porté par la bourrasque, et du sort l'ironie
En a fait ton voisin.

Cependant, ne crains rien, sa serre frémissante
Sur le bois du vaisseau s'incruste d'épouvante,
Et son bec de chasseur,
Son bec crochu, dompté par l'effet de la houle,
N'a plus de cris affreux, mais tendrement roucoule :
« Faisons la paix, ma sœur? »

Spectacle curieux! Le bourreau, la victime,
Aile à aile serrés, paraissent deux intimes.
Telle était leur frayeur
Qu'un mousse put grimper jusques à leur refuge
Sans les faire envoler; il les prit, et l'on juge
S'il fut content, cet oiseleur!

La même cage alors abrita ces deux hôtes,
Et pendant quelques jours vécurent côte à côte
      La Grive et le Faucon;
Mais arrivant au port, à peine sur la terre
Le Faucon au gros bec, à la puissante serre,
      Croqua son compagnon :

Un instant le péril fait taire la rancune,
      Faibles et forts peuvent paraître unis,
Mais c'est avec les dents vouloir prendre la lune,
      Que croire aux serments de nos ennemis.

VI

Le Mouton du Colorado.

Sur les sommets altiers des Montagnes Rocheuses,
Par delà les sapins, vers les cimes neigeuses,
      Un énorme Mouton
Sauvage et indompté, portant d'immenses cornes,
Cache cet ornement qui dépasse les bornes
      De l'imagination.

Est-il honteux vraiment de ces gros appendices,
Ou vit-il seulement parmi les précipices
      Par l'unique raison
Qu'il ne trouve que là sa pitance ordinaire,

Qu'il est loin des humains? Chacun son caractère,
        Sauvages et Mouton.

On nomme ce Mouton là-bas un Cimerone,
Magnifique gibier dont la chair est très bonne,
        Que traquent les chasseurs,
Car les Américains vont vers les solitudes,
Des bêtes, des Indiens, gêner les habitudes
        Pour y porter les leurs.

Or donc un Cimerone, un très vieux philosophe,
Habitait ces hauteurs, ayant en lui l'étoffe
        D'un poète rêveur.
« Oh! que ces monts sont beaux! Et quelle silhouette,
Quels reflets le soleil sur cette neige jette!
        Merci, mon Dieu seigneur!

De m'avoir pour patrie assigné ce domaine,
Où, de soucis exempt, libre je me promène,
        Broutant sur le rocher
De-ci, de-là, partout où mon instinct me pousse.
Mes rocs ensoleillés ont tous assez de mousse,
        Qu'il est bon d'y rêver! »

Or un mineur cherchant en cet endroit sa vie
D'un coup de feu mit fin à cette litanie
      Du vieux Mouton rêveur,
Et l'homme ricana : « Laisse-moi donc tranquille
Avec ta poésie. *All right!* vieil imbécile,
      Fais place au prospecteur.

Le temps c'est de l'argent, tes rochers ont de l'or,
Je vais les exploiter, et te manger ».... Butor !

Vimar

DEUXIÈME SIXAIN

I

L'Agami.

Dans une basse-cour la paix souvent troublée
    N'est pas facile à maintenir;
Même dans nos climats la guerre est allumée
    Entre les coqs : qu'ils voient rougir
Une crête de poule, aussitôt se hérisse
    La plume de leur cou; l'ergot
Pointu de leur talon frémit, et dans la lice
    Les champions vont faire assaut.
Jugez ce que doit être aux pays chauds la lutte
    Entre ces coqs au sang brûlé!
Ils se battent à mort; le vaincu dans sa chute
    D'un cri sauvage est salué.

Et les poules aussi : vaniteuses, colères,
  Pour un rien se prenant de bec,
Caquetant, piaillant comme des harengères,
  La pintade, d'un ton très sec,
Jetant son couac de fausse clarinette,
  Le hocco noir et le paon vert
Font un charivari à vous fendre la tête,
  C'est un enfer! c'est un enfer!
De même qu'en la rue, un bon sergent de ville
  Met le holà, fait circuler
Les pochards batailleurs, et fait suivre la file
  Aux cochers prompts à s'em...poigner,
Là-bas un oiseau gris se charge de ce rôle :
  Un petit dindon, l'Agami,
Se tient calme en son coin, mais dès qu'une parole
  Un peu trop risquée, entre amis,
S'échange, le voilà qui dresse ses oreilles;
  Si l'on se bat, d'un coup de bec
Séparant les mutins, pour l'ordre il fait merveille,
  De la basse-cour c'est le cheik,
Et grâce à lui l'on peut dormir des deux oreilles.

  A la basse-cour, à la ville,
  Respectons le sergent de ville.

II

Le Chasseur et les Pécaris.

Laissez-moi vous conter, sous forme d'apologue,
    Le récit d'un très vieux trappeur :

« Vous avez, m'a-t-on dit, en Europe des dogues
    Pour coiffer sanglier rageur;
Je le comprends, ma foi! car un gros solitaire,
    Faisant tête aux chiens dans son fort,
Vous découd bel et bien, en sa forme ordinaire,
    Et qui se garde n'a pas tort!
En forêt vierge on croit que ce n'est pas la peine
    De se garder des Pécaris,
Nos sangliers à nous, qui ne sont gros à peine

Que comme de petits cabris.
Écoutez tout d'abord ma plaisante aventure,
Vous direz après votre avis :

Apercevant sous bois, un jour, de loin, la hure
D'un premier Pécari : Paf! mort!
Un second se présente, il est tué de même,
Mais il en vient encor, encor!
Et tant! et tant! qu'il faut, pour me sauver moi-même,
Grimper à l'arbre avec effort.
De mon affût j'en fais un énorme carnage,
A coups pressés de winchester,
En vain! ces animaux pris d'une folle rage,
Ces diables vomis par l'enfer,
Assiègent mon refuge, et de leur groin immonde
Mon arbre vont déraciner.
Par bonheur un puma, lion du Nouveau Monde,
Rugit, et les fait détaler. »

Eh! eh! l'ami chasseur! c'est de la politique :
Le sanglier coiffé, c'était un empereur,
Vos pécaris m'ont l'air d'être une république,
Et comme à vous, mon cher! le nombre me fait peur!

III

La Tortue et le Caïman.

Une Tortue, aux bords de l'Orénoque,
Pondait ses œufs dans le sable brûlant,
Pas assez chaud pour les cuire à la coque,
Mais juste à point pour faire éclore à temps

De Tortuaux toute une ribambelle.
Elle croyait déjà les voir courir,
Sortis de l'œuf et grouillant autour d'elle,
Et souriait à ce doux avenir.

Un Caïman allongé sur le sable
D'un air gracieux lui fit son compliment,

Guettant d'un œil le moment favorable
Pour se payer un déjeuner friand.

« Oh ! des œufs frais ! cela fait mon affaire :
Le noir que j'ai croqué me laisse un poids
Sur l'estomac depuis la nuit dernière :
Je le prendrai plus tendre une autre fois ! »

Quand, au bout d'un mois, madame Tortue
Revint pour chercher ses petits enfants,
Elle ne trouva que la terre nue,
Et le Caïman qui, l'apercevant,

Se mit à pleurer sur le sort néfaste
De la pauvre mère, en la consolant,
Tandis que tout bas il grommelait : « Baste !
Les œufs, le matin, c'est rafraîchissant ! »

De faux dehors, le méchant,
Très souvent s'habille,
Méfiez-vous, mes enfants,
Des pleurs du Crocodile.

IV

Le Voleur volé.

Je n'ai pas fini de vous parler singe.
Comme eux j'aurai plus d'un tour dans mon sac,
Car je les ai vus, foi de vieux Comminge,
Quand dans la forêt j'avais mon hamac.

Oui, je les ai vus se suspendre aux branches,
Faire du gymnase, amateurs de l'art,
Des redressements, des effets de hanches,
Et des sauts hardis comme Léotard.

Oui, je les ai vus fourrer leurs babines
Dans les fruits gommeux du haut balata,

Sur des flamboyants lécher leurs tartines,
Et connais leur goût pour le chocolat.

Car le chocolat d'un arbre découle
(Le saucissonnier fait le saucisson),
Il n'est pas besoin de dire à la foule,
De quelle façon commence son nom.

Une gousse énorme et pleine d'amande,
Pousse au ras du tronc du cacaoyer
De drôle façon, Singe se demande
Comment il pourra se l'approprier.

Il grignote un peu son écorce amère,
En faisant un trou tout juste assez grand
Pour glisser sa patte, et gourmand compère,
Pressé de jouir, fourrage au dedans.

Le fruit se détache en une secousse,
Mais son poing gonflé, d'amandes trop plein,
Ne peut plus sortir, il traîne sa gousse
Comme casserole à la queue d'un chien.

Gêné par le poids du fruit qu'il balance,

D'un effort au bras il sent la douleur.
A ses cris plaintifs, un planteur s'avance,
D'un coup de bâton punit le voleur,

Qui s'enfuit, penaud, au sommet des branches,
Sans son cacao, hué par les siens,
Et tous ricanaient, montrant leurs dents blanches :
  Qui trop embrasse mal étreint.

V

Morning Star!

Étoile du matin! ce nom de litanie,
Qu'en priant on adresse à la Vierge Marie

         Pourquoi le portez-vous,
Petite fleur des rocs, petite fleur sauvage,
Qui croissez au glacier et tout près du nuage?

         « Morning star! » dites-vous.

Oui, oui, je le sais bien, de la libre Amérique
Vous êtes une fleur au style laconique,

         Et je perdrais mon temps
A vous faire expliquer, en forme poétique,

D'où vient ce nom si doux ; ici tout est pratique :
   « Le temps c'est de l'argent ! »

Puisque vous l'ignorez, moi, je vais vous le dire :
Vous êtes du printemps là-haut le seul sourire,
   Étoile du matin !
L'hiver, le long hiver, aux neiges, aux tempêtes,
Pendant plus de six mois roule sur votre tête,
   On n'en voit pas la fin !

Un linceul blanc recouvre et vos pics et vos cimes,
Et nul être là-haut n'affronte vos abîmes.
   Vous poussez un matin
Aux doux rayons de mai, comme ici violette
Quand le soleil reluit, donnant un air de fête
   Même à vos vieux sapins !

Et celui qui revient aux hautes solitudes,
Voyageur ou mineur, vous cueille d'habitude
   Au bord de son chemin,
Admirant tout joyeux la croix de vos pétales
Et l'air tout frissonnant de votre lilas pâle,
   Étoile du matin !

Et s'il est du pays où fleurissent les roses,
Où la fleur parle aux yeux, où disent mille choses
            La rose et le jasmin,
A celle qui l'attend il enverra sans doute
Cette fleur du glacier, prise au bord de sa route,
            L'Étoile du matin.

S'il est un émigrant de la blonde Allemagne
Qui laisse ses foyers, et jamais ne regagne
            Son triste et dur climat,
Il pense à Marguerite, aux yeux bleu de pervenche,
Qui cueille au bord de l'eau petite fleur qui penche,
            Le : « Ne m'oubliez pas! »

Si vous la rencontrez jamais sur votre route,
La fleur des hauts sommets vous dira sans nul doute,
            Enfants, autre refrain ;
Pour moi, vieux voyageur, voilà ce que murmure
Dans son lilas fané, dans sa pâle verdure,
            L'Étoile du matin !

VI

Mouche à feu! Luciole

O nuits de l'équateur! vous avez pour comète
Ces insectes ailés dont le corps noir projette
     De splendides lueurs;
Tous les feux de vos jours, au corps des lucioles
Se sont-ils concentrés? Mouche à feu, quand tu voles
     Brillante, est-ce ton cœur

Embrasé, qui déborde, et qui, comme une lave
Sur tes anneaux obscurs s'étend? Brûlante épave
     Ne traverses-tu l'air,
Que comme la fusée en nos feux d'artifice

Pour la joie des enfants, ou bien en sacrifice
         As-tu donné ta chair,

Pour éblouir en bas ta petite amoureuse
Cachée en un brin d'herbe et qui regarde, heureuse,
         De voir passer l'amour
Sur sa tête en rayons? Va donc, ma Luciole,
Et décris dans la nuit brillante parabole :
         Bientôt viendra le jour !

On nous dit qu'en leurs bals les femmes des Antilles
Te donnent pour prison la soie de leurs résilles.
         Cheveux noirs que l'éclair
De tes feux illumine, et grands yeux pleins de flamme,
Peau brune aux reflets d'or, jamais ici la femme
         N'aura vos tons d'enfer !

Et tes feux s'éteindront plus vite, ô Luciole !
Que le feu dévorant que mettra la créole
         Au cœur de son danseur.
Demain tu ne seras dans noire chevelure
Qu'un insecte hideux, charbon ou pourriture,
         Jeté avec horreur ;

Mais, traversant les airs ou captive, qu'importe !
Pour celle qui t'aimait ou celle qui te porte
   Tes feux auront brûlé ;
Sillon dans le ciel noir ou lumineuse aigrette,
Ton destin d'une nuit enviera le poète,
   Mon pauvre insecte ailé !

TROISIÈME SIXAIN

I

L'Ane de Roquecourbe.

Vous ne connaissez pas Roquecourbe, village
　　D'un coin perdu dans le Midi?
Son âne est légendaire, et dès le moyen âge
　　Il court la fable que voici :

Un jour les Eschevins voyant le populaire
　　Sur un pont s'assembler en tas,
Crurent premièrement que c'était le mystère
　　De l'inscription écrite au ras
De l'eau, par le Conseil à la Pasque dernière.

« CE PONT FUST FAICT ICI », c'est ce qu'on pouvait lire

En gothique. Roquecourbin
Du passé, du présent, oncques ne pense à rire :
Un peu d'orgueil, mais pas malin,
Comme le prouvera ce qu'il me reste à dire.

En ce moment vers le haut du clocher sonore
L'œil d'un chacun était fixé;
On discutait projet, mis à l'étude encore,
D'utiliser pour tous le pré
Que le printemps là-haut venait de faire éclore.

Gramens et giroflée y poussaient comme en une
Prairie, et c'était par trop dur
De laisser sans le tondre un pré de la commune.
Comment trouver un moyen sûr?
Autant vaudrait avec les dents prendre la lune.

Un Eschevin alors plus malin que les autres
Ouvrit l'avis suivant : « Manants !
Bourgeois ! n'avez-vous pas un Ane? par l'apôtre
Saint Jean ! le patron de céans
M'est avis qu'il n'est pas besoin de patenôtre

Pour jouir de ce bien que le ciel nous accorde.

Hardi! montez l'Ane au clocher! »
A l'instant ce fut fait par une longue corde
Qu'adroitement un bon archer
Fit passer par-dessus. Pas un qui ne se torde

De rire dans la foule, en voyant le pauvre Ane
Tirer la langue, et les propos
D'aller leur train : « Pasque Dieu! par ma sarbacane! »
S'écriait un vieil Huguenot :
« Ce pain béni ne lui sied guère! Hé donc! ma Jehanne.

Crois-tu pas qu'il ait soif? Par les cornes du diable!
Quand il aura mangé faudra
Bellement le mener à la rivière, à table
Messire Ane se croit déjà !
Oyez! comme il jouit d'un plaisir délectable!

Sus! Sus! Noël! Tirons! Encore un coup, compère!
Sur ma part du saint Paradis!
Un verre d'hydromel ferait bien mon affaire!
Jamais Ane sera nourri
Comme icelui! Faites largesse au populaire.

Sire Eschevin! Voyez comme tous sur la corde

Nous tirons pour suivre l'avis
De Votre Seigneurie! Holà, miséricorde!
Holà!.... » Le câble se rompit,
Et je crois, sur ma foi, qu'autre usage la corde

Pourrait bien avoir eu. Dans leur grande colère
Ne se gênaient pas les vilains
Pour pendre haut et court. Tant pis ! c'était affaire
Au fallacieux Eschevin,
Mais n'a pas mangé le roussin,
Et comme toujours fut trompé le populaire.

II

L'Ane du Pays de l'or

Dans le pays de l'or, dans une république
    Que je ne nomme pas,
Où l'on voit, sans mentir, chose vraiment épique,
    Pour trois mille soldats,

Six mille généraux, ni plus ni moins, j'avais
    Un Colonel à mon service,
Un Ane aussi. Très fort à tous deux je tenais :
    C'est le seul spécimen qu'on puisse
Se procurer là-bas de deux êtres parfaits :

Mon Colonel n'avait que juste ses galons,

Mon Ane avait ses deux oreilles,
Choses rares par là : une espèce de taons
Souvent les ânes dépareille,
Et colonel de général prend les galons.

En forêt vierge on croit qu'il doit être facile
De bien nourrir un pauvre ânon,
Quelle erreur! Perroquets, singes, hideux reptile,
S'y gorgent de tout à foison,
Mais pour manger soi-même, oh! qu'on se fait de bile!

De fruits pas un, de légumes néant, pas d'herbe!
Du bœuf que l'on sèche au soleil,
Du cassave grillé, par bonheur des conserves,
Régal à nul autre pareil,
Et que soigneusement pour l'extra l'on réserve.

Mais le pauvre Ane, allez! il est aussi perplexe
Que celui de jadis, car rien
(N'ouvrez pas votre bouche en accent circonflexe,
Ce que je dis est vrai), car rien
Ne peut le nourrir, rien, c'est là ce qui le vexe,

Sauf un arbre étonnant, au tronc si gigantesque,

Qu'à peine s'il voit le rameau
Qui le rassasierait; de Tantale c'est presque
Le supplice; c'est « el charro »
Qu'on appelle cet arbre en ce pays grotesque.

Heureusement, Colonel, ici, bûcheronne;
Il prend sa hache, et pour l'Anon
De coups précipités forêt vierge résonne;
L'arbre tombé, c'est la moisson,
Et de plaisir tout bas la pauvre bête ânonne.

Contentons-nous de nos climats,
Les chardons y poussent à force,
On n'y fait pas tant d'embarras;
Pendant qu'ici chacun s'efforce
De recueillir un peu d'or,
Miné par la fièvre et sans force,
Souvent auprès de son trésor
De faim on le trouve mort.

III

La Chauve-Souris vampire et le Serpent à sonnettes

Deux mineurs égarés dans une forêt vierge
S'endormirent un jour sous l'ombrage profond
Des palmistes, au tronc élancé comme un cierge,
Des courbarils chenus où les orchidées font
Leur séjour aérien en versant leurs effluves.
Tous deux, appesantis par la chaleur du jour,
Car il fait en ces lieux plus chaud qu'en des étuves,
Ne pensaient plus du tout aux bêtes d'alentour.

Dieu sait si là, pourtant, le mal a des complices!
Les insectes d'abord : mille-pattes, scorpions,
Carapates, fourmis, puces perforatrices,
Ces dernières surtout vous perçant les talons

Pour pondre à l'intérieur million de sales bêtes,
Et toute la tribu des venimeux serpents :
Trigonocéphale, et corail, et à sonnettes,
Je ne veux pas en faire ici dénombrement.
Dans l'air : chauve-souris et l'énorme vampire.
Contre votre repos toute bête conspire.

Un de nos deux mineurs crut entendre le bruit
D'un Serpent à côté, ce bruit de castagnettes
Que fait, dans sa fureur, le Serpent à sonnettes :
  Oh ! oh ! filons d'ici, la place n'est pas nette ! »
Il le fit sans retard, ma foi ! bien lui en prit,
Au Serpent il cassa les reins de sa baguette.

L'autre nigaud dormeur se retourne et s'étire
Sans ouvrir l'œil, disant : « Je sens un petit vent
Sur ma nuque, bien frais, quel souffle de zéphyre ! »
C'était le battement des ailes du Vampire
Qui lui suçait le cou très délicatement,
Et la mort s'ensuivit, il ne faut pas en rire.

Lorsque des ennemis la troupe nous entoure,
Ouvrons l'œil, mes enfants, malgré notre bravoure
Celui qui nous endort sans faire moindre bruit
Est le plus dangereux, à preuve mon récit.

Le Morocoï et l'Urubu.

J'espère qu'en voilà des noms bien fantastiques,
Comme il convient à ceux des bêtes d'Amérique !
Mais n'est-ce pas le fait d'un vrai hurluberlu
D'aller choisir ces noms? Pour la rime, Urubu,
N'aura pas son pareil, tant pis ! vienne la rime
Mal ou bien, c'est écrit : trime, rimailleur, trime !

Morocoï, c'est tortue aux savanes lointaines ;
Urubu, c'est vautour faisant police urbaine.
L'un remplace fort bien une tête de veau
Dont on fait le potage ici ; l'autre, l'oiseau,
Est chargé d'enlever partout les immondices

Des villes, de remplir aux pays chauds l'office
De boueux, d'égoutier, d'enleveur de rats morts.
On s'en aperçoit bien quand dans la rue l'on sort.
Il est maître et seigneur du pavé, ne vous cède
La place qu'à regret, et partout vous obsède
Son cou pelé sur un vilain plumage noir,
Son parfum qui n'est pas fait pour votre mouchoir.
Si l'on a le malheur de bousculer la bête,
Le gardien de la paix aussitôt vous arrête,
Et l'on vous fait payer une livre sterling
Pour vous enseigner à passer votre chemin.

Un Urubu trottait au milieu d'une rue
De Port-of-Spain, ainsi faisant le pied de grue
Depuis le matin ; ce jour-là, par aventure,
Sa ration manquait de sale nourriture.
Un joli Morocoï au ruisseau farfouillait,
Cherchant quelque débris de banane bien frais
Pour apaiser sa soif, sortant d'un air morose
Ses pattes et sa tête aux points de corail rose
De son têt. L'Urubu prestement saute à lui :
« Comment allez-vous donc ce matin, cher ami ?
Avancez donc la patte un peu que je la serre ! »
Il apprêtait déjà son gros bec et sa serre.

Mais l'autre prudemment rentra tout dans son têt,
Lui disant : « Cher ami, vous sentez trop mauvais,
Vous sentez la chair fraîche, et je connais la fable
          De l'Ogre et du petit Poucet. »
Ce jour-là l'Urubu ne se mit pas à table.

V

Le premier Lièvre.

Il m'en souvient comme d'hier,
(Quarante ans de plus sur ma tête !)
C'était par un soleil d'hiver
Qui mettait la nature en fête :

Un jour de Noël, un beau jour,
Pour l'écolier un jour de fête,
Où chasseur novice alentour
Cherchait partout petite bête.

Le Lièvre, car on dit là-bas,
Non pas un Lièvre, mais le Lièvre

(on n'en voit pas à chaque pas),
Quand on le voit donne la fièvre.

Et le cœur me battait bien fort,
Ma main tremblait comme de fièvre.
Quel cris joyeux quand il fut mort!
J'avais tué mon premier Lièvre!

Depuis tant et tant j'en ai vus
Des gibiers de toute nature,
De tous pays, cornus, poilus,
Et de cocasses, je l'assure!

J'ai tué des singes au vol,
J'ai pu voir des ours dans la neige,
Et j'ai mangé du rossignol
Comme ortolan en temps de siège.

Mais mon Lièvre, qu'il était beau!
Qu'elle était belle sa fourrure!
Jamais on n'en vit un plus gros!
Jamais pareil dans la nature!

Oh! les jeunes yeux de quinze ans,

Ils n'ont pas besoin de lunettes
Avec des verres grossissants
Pour voir en beau choses ou bêtes.

La gloire, l'argent ou l'amour
Plus tard peuvent donner la fièvre,
Mais on s'aperçoit un beau jour
Que rien ne vaut le premier Lièvre.

VI

Le Sablier du Grand-Père.

Quand ton poing frotte tes deux yeux,
C'est qu'il vient, le marchand de sable,
N'est-ce pas, gamin aux yeux bleus?
Tu n'aimes donc pas mes fables?

Tu me trouves donc ennuyeux?
Pourtant je m'accoude à ma table,
Chaque soir me crevant les yeux,
Pour inventer nouvelle fable.

Tant pis! Je vais encore un peu
Faire travailler ma mémoire,

Te jeter de la poudre aux yeux
Et te conter nouvelle histoire.

Justement j'ai là sous la main
Le fruit du Sablier des Antilles.
Tu ne sais pas encor, gamin!
Quand s'y porte ta main gentille,

D'où me vient ce fruit rococo
Servant à mettre la poussière?
Du pays des noix de coco
Où fit fortune un grand-grand-père.

Il y mit de la poudre d'or,
J'y mets un peu de poudre bleue,
Et tu ne peux savoir encor
Si plus tard à la queu leu leue,

Comme ces vieux grands-papas,
Tu ne feras pas mille lieues
Pour aller voir d'autres climats,
Des pays d'or et des mers bleues.

Ou si tu feras le trajet

De rue Richer à la rue Blanche
Pour éplucher bourse, budget,
Sur un pupitre usant ta manche.

Enfin!... tu l'auras sous la main
Pour poudrer de belle poussière
D'or ou de bleu, mon cher gamin!
Le vieux Sablier de tes grands-pères!

I

Le Serpent Boa et l'Agouti.

Vous avez sûrement, dans le Jardin des Plantes,
    Aperçu le serpent boa
Enroulé dans sa boîte, et frémi d'épouvante
    En voyant l'appétit qu'il a,
Jeûnant six mois durant, engourdi, dans l'attente

Du repas qu'on lui sert : un lapin cru bien tendre
    Qu'il happe d'un coup de gosier,
Et qu'on voit peu à peu le long du corps descendre,
    Diminuer, diminuer,
Pour n'être plus enfin que coprolithe à rendre.

Si vous êtes allés faire un tour à la foire
    De Saint-Cloud, Neuilly, Saint-Germain,

Vous avez aperçu héros de mon histoire,
Mangeant un buffle qu'il étreint
De ses anneaux hideux. Quelque peintre d'histoire

Méconnu, mais doué d'une science énorme,
Sur la toile a très bien rendu
La scène pathétique entre buffle difforme,
Sanglant et gros boa repu,
Qui pour le digérer doit mettre un temps énorme.

Si du tableau susdit je n'ai pas eu la chance
De contempler l'original,
Je sais que ce serpent a souvent pour pitance,
Dans ses forêts, un animal
A la mort destiné comme lapin de France.

Écoutez donc, enfants! la véridique histoire
De l'Agouti, du Grand-Boa;
Je vais la dessiner de l'encre la plus noire
Et puis, la croira qui voudra :

Un Boa constrictor, c'est ainsi qu'on le nomme
(Soyons savant pour une fois)
A le corps aussi gros que le torse d'un homme,
Il habite le fond des bois;

Non pas des bois peignés comme bois de Boulogne,
　　　Mais bois avec arbres si grands,
Si noirs, qu'on peut tout bas avouer sans vergogne
　　　Qu'on n'est pas rassuré dedans.

Aux arbres et partout s'enroulent des lianes,
　　　Qui sont des végétaux serpents,
Formant un tel fouillis que bien sûr Ariane
　　　Aurait perdu son fil dedans.

Un timide Agouti (cette bête est peu brave,
　　　Ce n'est pas un rude lapin)
Tremblait au moindre bruit et cherchait une cave
　　　Pour s'y terrer jusqu'au matin.

Justement devant lui s'ouvrait toute béante
　　　La bouche d'un Serpent Boa :
Un perroquet cria, lui, rempli d'épouvante,
　　　Fermant les yeux, s'y engouffra.

La peur en tous pays mauvaise conseillère
　　　Vous met souvent dans le pétrin,
C'est ce que nous apprend mon Boa qui digère
　　　Dans les grands bois petit Lapin.

II

Le Chinois et la Négresse.

Cadet Roussel à trois cheveux qu'il met en tresse,
    Un peu plus en a le Chinois
Dans ses nattes du dos, et bien plus la Négresse;
    Quel est le plus heureux des trois?
Allons le demander aux Chinois, aux Négresses.

Nous n'avons pour cela qu'à faire un grand voyage
    Dans les pays de l'Équateur
Où jacassent, riants, les bons Teints de cirage,
    Où tout Chinois est blanchisseur,
Où premiers au second donnent beaucoup d'ouvrage.

Car c'est un fait constant, de remarque très digne :
    Négresse tient à linge blanc,
Comme au rose et au bleu blondes au teint de cygne,
    Au jaune brune au teint ardent,
Et le choix des couleurs du bon goût est le signe.

Une Négresse donc, de blanc tout habillée,
    Vient chercher chez le blanchisseur
Sa robe de gala bien raide et empesée,
    Et voyant John de bonne humeur,
Se met à le blaguer sur sa natte tressée :

« Pas malin! ché ami! li pédez temps énome
    A tesser longs cheveux à li,
Égadez-moi, cheveux fisés commode en somme,
    Bientôt fait pou sé mette au lit! »

« Ah! ah! » répondit John « ôtez-moi donc ce casque
    En madras de riche couleur,
Que je contemple un peu les beaux cheveux qu'il masque.
    Ils sont frisés à faire peur! »

Le Chinois peu galant porta sa patte jaune
    Dans la coiffure de gala,

Et mit au jour deux bouts de tresse; la matrone,
  Prise en défaut, net se fâcha.

Elle avait essayé, la Négresse coquette,
  De natter ses cheveux en crins,
Et pointaient vers le ciel, cachés sous sa casquette,
  Deux très jolis petits boudins.

Sautant sur John furieuse, elle saisit sa tresse
  Et la lui détacha d'un coup;
Car Fils du Ciel, aussi coquet que la Négresse,
  Portait faux cheveux sur son cou!

Et de là je conclus que celui que l'on chante
  Est dans le vrai, le bon enfant!
Il n'a que trois cheveux, pourtant il s'en contente :
  Combien pourraient en dire autant!

III

Le Mineur et le Vigneron.

Nul n'est prophète en son pays, dit-on : l'histoire
Que je vais vous conter ne se passera pas
En France. J'aurais beau vouloir vous faire croire
Qu'un Mineur s'appauvrit, vous ne le croiriez pas,
Et que l'on s'enrichit en plantant de la vigne,
Vous me ririez au nez ; car le phylloxera
De Bordeaux à Béziers, de Carpentras à Digne,
Dévore tous les ceps. Jamais on ne pourra
Prophétiser la mort de la gaîté de France,
Fille du jus divin, comme dit la romance ;
On serait lapidé ; mais qui vivra verra !

En attendant, partons pour la Californie,
C'est de là que vient l'or, et d'où viendra le vin.
Ne vous étonnez pas si pour ma théorie
Je vous parle d'un temps antédiluvien :
En l'an quarante-huit, de sinistre mémoire,
L'ouvrage n'allait pas, l'ouvrier avait faim,
Et de grands appétits, à ce que dit l'histoire,
Rudement malmenés dans les jours de Juin.
Or, aussi vers ce temps, une rumeur lointaine
Arriva jusqu'en France : on venait de trouver
Une terre magique, où l'on n'avait à peine
Qu'à se baisser un peu pour tant d'or ramasser
Qu'on pouvait vivre heureux du gain d'une journée,
Et chacun de partir pour cet Eldorado.
Deux ouvriers s'en vont, la bouche enfarinée,
Vers ce pays lointain; l'un était de Bordeaux,
Vigneron par état, et l'autre était orfèvre
Sans ouvrage, tous deux rêvant pépites d'or
Grosses comme la tête, à vous donner la fièvre.

Il fallut déchanter : la terre des trésors,
En tous les sens fouillée, à chacun donne à peine
Pour acheter le lard qu'il paye au poids de l'or,
Quart d'once au plus par jour, au prix de quelle peine !

Si bien qu'au bout d'un an, Gros-Jeans comme devant,
Ils regrettaient bon temps des jours heureux de France.

Le Vigneron se dit : « Mais voilà le moment
De chercher autre chose ! Être ainsi dans les transes
Pour protéger son claim, ne pas gagner d'argent,
Patauger dans la boue, en lavant sa batée
Quand un si beau climat, un terrain de cailloux,
Produiraient tous les ans du vin à gueule-bée !
Allons ! retournons vite au métier de chez nous. »

Il planta de bons ceps, et sa vigne est prospère,
Et l'on dit que depuis il gagne un argent fou.
L'Orfèvre a poursuivi très longtemps sa chimère,
On a volé son or, on l'a roué de coups,
Puis il est revenu dans Paris sans le sou ;
Contre le capital partout il déblatère.

Que chacun parmi vous tire de mon histoire
        Moralité qui lui plaira ;
Mon Vigneron là-bas, un jour, m'ayant fait boire
        De son excellent vin d'extra,
J'ai promis de porter, en France, à sa mémoire
        Un toast en vers, et le voilà.

IV

Le petit Cochon de lait.

J'habitais par hasard une case en forêt,
Soit quatre pieux plantés avec toit de feuillage;
Ma basse-cour n'avait pas le moindre treillage,
Et tout ce monde-là, libre, se promenait :
Le coq jetait, joyeux, sa note matinale,
Les poules picoraient, et le dindon gloussait
Sans commettre une fois la faute capitale
De s'éloigner sous bois; d'instinct ils redoutaient
La légion d'ennemis que la forêt renferme
Sous son ombrage épais. Pour compléter ma ferme
J'avais un très joli petit Cochon de lait,
Mais celui-là captif, qu'une corde tenait

Attaché par la patte au pieu de ma cabane :
Je comptais le manger entouré de bananes.

Mon cordon bleu, Sarah, la vieille mulâtresse,
Pour ce petit Cochon éprise de tendresse,
S'apitoyait parfois sur le sort du Goret :
« Comme il serait heureux, libre dans la forêt!
Il deviendrait marron, monsieur, » me disait-elle,
« Comme bon frère à moi dans les temps d'autrefois.
De petits sangliers vous verriez ribambelle
Autour de lui courir sous l'ombre des grands bois. »

Je soupçonne qu'un jour elle coupa la corde
Pour que son protégé pût devenir marron,
Mais, enragé chasseur, et sans miséricorde,
Je reconnus ses pas au sable du vallon,
Et d'un coup de fusil j'abattis pauvre bête.
J'ai même le remords d'avoir trouvé très bon
Ce mets fort délicat. C'était rarement fête
Au restaurant des Bois, et je dis à ma vieille
        Qui pleurait son petit Cochon :
        « Il faut se faire une raison !
        Ventre affamé n'a pas d'oreille ! »

V

La Coccinelle et le Doryphora.

Bête à bon Dieu, ma Coccinelle !
Sur un brin d'herbe, avec effort,
Déploie au vent ta petite aile,
Sous son élytre rouge et or.

Voici venir troupe rieuse
D'enfants courant parmi les prés,
Cache-toi bien, deviens peureuse,
Ils sont savants et trop lettrés.

Ils ont vu la si belle image
Sur les murs, au chemin de fer,

Ordonnant partout le carnage
D'insecte, dont tu m'as tout l'air,

Dévorant les pommes de terre
Avec un appétit glouton,
Envahissant toute la terre
S'il n'était mis à la raison.

Ministre de l'agriculture
A rédigé de beaux décrets,
On en a fait la portraiture,
Et te ressemble traits pour traits

Doryphora ; ma Coccinelle !
Bête à bon Dieu qui n'en peux mais,
Déploie au vent ta petite aile,
Les enfants deviendront mauvais.

Ils n'admireront plus ta robe
Rouge avec de jolis ronds noirs :
On leur a montré sur le globe
Le point où monstre a son terroir

Le Colorado ; mais personne

N'est allé voir là : j'en reviens
Et, ma parole je vous donne !
Pour fables tout cela je tiens.

Doryphora ni tubercule
Ne se voient dans ces durs terrains ;
On y fait des travaux d'Hercule,
Mais ce sont travaux souterrains.

Bête à bon Dieu ! pourtant prends garde,
Gare à la loi des suspécts :
D'un mauvais œil on te regarde
Et trop souvent des bons les méchants ont l'aspect.

VI

La Mule blanche des Indiens.

Ils s'en allaient dans la prairie
Les Indiens que j'ai vus là-bas,
Drapés dans vieille friperie,
Poussés par de nombreux soldats.

Elles pendaient à leurs ceintures,
Sur leurs blouses en peaux de daims,
Des ennemis les chevelures,
Le scalp des guerriers inhumains.

De vermillon leurs faces plates
Étaient peintes comme autrefois,

Ils avaient leurs cheveux en nattes
Avec des griffes d'ours des bois.

Mais ils laissaient leurs carabines,
Dans leurs fourreaux de cuir frangé,
Et, la tête sur leurs poitrines,
Ne regardaient pas l'étranger.

Leurs chevaux à maigre encolure
Broutaient les sauges du chemin,
Ils s'en allaient à l'aventure
Vers le pays du lendemain.

Femmes, vieillards, guerriers alertes,
Allaient, comme un troupeau, chassés;
Leurs files dans les herbes vertes
Traçaient des sillons espacés;

Mais en tête une Mule blanche
Semblait guider la troupe au port,
Elle marchait d'allure franche,
Son fardeau ne pesait pas fort :

Un enfant habillé de rouge

Aux beaux colliers de verre bleus,
Semblait idole qui ne bouge
Qu'avec le temple des aïeux.

Et j'ai suivi la Mule blanche,
Longtemps des yeux dans le lointain,
Portant peut-être la revanche
Dans la blouse de ce gamin.

Peut-être aussi que ces sauvages,
Suivant l'enfant dans le désert,
Ont fait passer quelques nuages
Sur mon front, en pensers amers !

TABLE DES MATIÈRES

QUATRIÈME SIXAIN.

30698. — PARIS. IMPRIMERIE GÉNÉRALE LAHURE
9, RUE DE FLEURUS, 9.